C000130175

Momenti di vita

FRANCESCO LADU

Alle tre donne della mia vita, mia moglie e le mie due figlie

MANOSCRITTIEBOOK

manoscrittiebook@libero.it

MOMENTI DI VITA

A mia figlia Elisabetta, sempre vigile ed attenta nella stesura e lettura dei testi

VALORI

Un altro anno sta per iniziare:

tra promesse disattese

e lunghe attese,

ci promettiamo di cambiare.

La famiglia deve essere unita:

l'ombra non la deve offuscare,

la luce deve sempre regnare

per tutta la vita.

Ai figli diamo il buon esempio,

insegnando il rispetto e l'amore

con tutto il cuore,

non facciamo uno scempio.

La famiglia è una fortezza,

la moglie e il marito i guardiani,

sia oggi che nel domani,

non cediamo alla debolezza.

POETI

Non li puoi fermare,

sono la nostra finestra sul cortile

ognuno con il suo stile,

i loro pensieri non vanno mai a riposare.

A volte vedono le cose diversamente,

ci inducono a pensare, a divertire

non li devi mai ferire,

ragionano a tutta mente.

Il loro animo è sincero,

come un amico vero!

TERREMOTO

Il mostro si è di nuovo svegliato,

è un agire da vigliacco

che mette molti nel sacco,

chissà se un giorno sarà domato…

Entra in casa senza bussare,

lasciando distruzione e morti

anche a chi aveva i pantaloni corti,

non ti lascia più fiatare.

Le promesse ipocrite sono già iniziate,

tra un mese saranno già dimenticate,

se veramente ci volete aiutare

prendete un badile e andate a scavare.

Dai giapponesi prendete esempio,

per evitare un altro scempio.

LE STELLE

Quante stelle, inizio a contarle,

sono belle, grandi e lontane

esistono anche quelle nane,

mi son perso, meglio osservarle.

Stanno sempre a luccicare,

di notte ci tengono compagnia

sembra che traccino una via,

forse un messaggio ci voglion mandare.

Il sole è la stella più vicina,

ogni giorno ci dà luce e calore

mette di buon umore,

in confronto ad altre è molto piccolina.

SEI...

Sei sempre nei miei pensieri,

oggi ancora più di ieri.

Da quando te ne sei andata,

non riesco più a mangiare

figurati a cucinare

la mia vita è cambiata.

Ogni cosa a te mi riporta,

riesco ad andare

solo a lavorare,

il resto non m'importa.

Sono una larva, sono distrutto,

amore mio eterno

sto vivendo un inferno,

senza di te mi sento perduto.

DAL PARRUCCHIERE

Oggi sono andata dal parrucchiere,

del più e del meno si è parlato

un bel taglio mi ha confezionato,

mi ha tagliato i cappelli con piacere.

Si è parlato del mal governo,

di sovranità monetaria,

della crisi finanziaria,

dei vitalizi, per qualcuno eterno…

Dei giovani senza lavoro,

dei politici senza arte né decoro.

Lui tra un mese andrà in pensione,

ma siccome non gli basterà

ancora lavorare un po' dovrà,

lasciamolo ai suoi momenti di riflessione!

PIEMONTE

Terra che stai ai piedi dei monti,

il tuo passato non posso scordare

per meglio il futuro affrontare,

un tempo abitata da re, nobili e conti.

Negli anni sessanta eri meta preferita,

ricca di fiumi, laghi e torrenti,

località termali per cure e trattamenti,

non solo di chi voleva andare in gita.

Da te a migliaia vengono a sciare,

per i palati più esigenti

vi son sagre e feste per tutti i denti,

con un bello spumante si va a brindare!

IL LUPO

Nelle favole rappresenta il cattivo,

tutti lo vogliono cacciare

a lui non resta che scappare,

ora si ha difficoltà a vederlo vivo…

Accusato di sbranare pecore e agnellini,

l'uomo il suo terreno ha rubato

lui giustamente si è adeguato,

anche loro hanno fame, poverini!

Ha una vita prevalentemente notturna

mentre dorme in quella diurna!

UN MIO AMICO

Adesso è in ospedale,

domani sarà operato

per lui ho già pregato,

tornerà come prima a Natale!

In chirurgia è ricoverato,

il medico che l'opererà

preciso e delicato sarà,

ma lui sarà addormentato.

L'intervento non è complicato,

lui è molto fiducioso

e anche coraggioso,

tra un anno avrà dimenticato!

FESTE NATALIZIE

Son finite le feste natalizie,

adesso si torna a lavorare

e qualcuno ricordare,

per altre giornate di letizie.

Forse troppo abbiam mangiato,

ma non è tempo per recriminare

semmai diamoci da fare,

per alleviare il risultato.

Più di uno non avrà digerito,

tutta questa abbondanza

che non fa bene alla panza,

ora è meglio il merluzzo bollito!

TEMPORALE

Finalmente il temporale è arrivato,

ci son stati tuoni e lampi

tanta acqua per i campi,

alle quattro mi ha svegliato!

Era da molto che non pioveva,

l'acqua è scesa serena ed ordinata

nessuna cantina è stata allagata,

Dio sa quanta sete la terra aveva…

Più di un agricoltore si è rallegrato,

dovevo andare ad innaffiare

andrò al mare a nuotare,

anch'io sono rimasto soddisfatto!

LA "MARATONETA"

È una mamma "fuori binario",

ha deciso di marciare,

la linea recuperare

e rimettersi in "orario".

Non sempre lo può fare,

con l'aiuto della tecnologia

i chili in più spazzerà via,

il figlioletto deve coccolare.

Da un mese ci sta provando,

con fatica e tanto sudore

farà un figurone,

sta sempre migliorando!

SON TORNATO

Son tornato al mare,

è una bella giornata

dalla brezza mitigata,

le onde sto ad ascoltare.

C'è un caldo non afoso,

ideale per passeggiare

e progetti raccontare,

noto la bandiera di un tifoso.

Tra poco arriverà l'estate,

la spiaggia si riempirà

tutto s'animerà,

rimpiangerò le primaverili giornate?

TIMIDEZZA

Le nuvole il cielo stanno a disegnare,

tu mi guardi e non mi noti

che tormento certe notti,

il mio amore non riesco a dichiarare…

Domani troverò il coraggio,

un discorso mi son preparato,

ma la mattina è già dimenticato,

lo ripeto da maggio.

Mi blocco non riesco a parlare,

un altro di te s'innamorerà

e via da me ti porterà,

mi riesce solo di scappare!

IL FISIATRA

Medico specialista,

ti visita accuratamente

in modo eloquente,

un professionista.

Ti osserva camminare,

prescrive ausili e tutori

ma non liquori,

a volte un collare.

Lavora in collaborazione,

con altre figure

per ottimizzare le cure,

nella giusta direzione!

LO PSICHIATRA

Scherzosamente "strizzacervelli",

branca della medicina

quasi divina,

sanno chi in aria fa i "castelli".

Ti stanno sempre a intervistare,

ti scrutano l'anima, i pensieri

anche quelli di ieri,

ogni dettaglio stanno ad analizzare.

Alla fine dell'intervista,

di te fanno un ritratto

di ogni tuo "misfatto",

da vero artista!

DAL DENTISTA

Quando si va dal dentista,

lui t'accoglie calmo e sorridente

già ti è passato il dolore al dente,

comunque non è amore a prima vista.

In poltrona gentilmente ti fa accomodare,

mentre tu pensi già a scappare.

Con una scusa te ne vuoi andare,

devi vincere la paura

ed evitare una brutta figura,

ci ripensi ed inizi a divagare…

Il tuo coraggio è poi interrotto

da un rumore a te noto,

il trapano sta cantando

e tu stai di nuovo tremando,

ma poi arriva l'anestesia

e ogni tua paura è spazzata via!

DIPENDENTE STATALE

Se sei un dipendente statale,

di fame non morirai

ma sicuramente non t'arricchirai,

non sei messo tanto male.

A meno che tu non sia un dirigente,

oppure talmente fortunato

da essere senatore o deputato,

o il presidente di qualche ente.

Facilmente non ti potranno licenziare,

diranno che sei un imboscato

che vivi a spese dello stato,

me te ne devi infischiare

il tuo posto stanno ad invidiare!

L'AMICIZIA

È quel puro sentimento,

che inizia piano piano

come il decollo di un aeroplano,

non nasce in un momento.

Un amico ti sta sempre ad ascoltare,

non ti dice mai: "ritorna!"

prende il tuo problema per le corna,

non ti fa mai aspettare.

Per te spezza le catene,

puoi chiamarlo all'imbrunire

o prima di dormire,

allevia le tue pene.

Con gli amici c'è aria di festa

con loro tutto si desta!

IL NATALE DIVERSO

Il Natale è arrivato,

il consumismo sta imperversando

tutti stanno acquistando,

non sono soddisfatto.

Si dà la caccia alla novità tecnologica,

poi abbuffarsi al pranzo di Natale

e non pensare a chi sta male,

senza nessuna logica.

Il Natale è una festa commerciale,

dove i meno abbienti

sono sempre perdenti,

tutti hanno un gran da fare.

PIZZAIOLO

Della pasta è un artista,

la fa ben lievitare

quasi mai bruciare,

è amore a prima vista.

Deve avere tanta fantasia,

con condimenti e abbinamenti

usare ottimi ingredienti,

o il cliente scappa via…

C'è quella soffice o croccante,

mari monti o marinara

caprese, tonno ed ortolana,

mi piacciono tutte quante!

PASQUETTA

A pasquetta siamo andati a Bosa,

era quasi il borgo più bello

fregiandosi di un bel castello,

paese natale di una collega giovane sposa.

Dall'alto della sua sommità

si vede tutta la città,

era dei nobili Malaspina

correva voce che la marchesa era assai carina.

In barca non siam potuti salpare,

abbiamo optato per una passeggiata

conclusasi con bella cioccolata,

l'ancora non han voluto levare...

TRA POCO

Tra poco è di nuovo Natale,

continuano le guerre e i bombardamenti

e tanti "strani" esperimenti,

una cosa surreale.

Un altro natale sta arrivando,

c'è ancora chi soffre la fame

chi continua a tesser trame,

nulla sta cambiando.

Il natale è quasi arrivato,

si acquista con frenesia

in un mare d'ipocrisia,

questo mondo va curato.

Natale è alle porte,

troppi bambini stanno a lavorare

mentre dovrebbero giocare.

C'è ancora chi tenta la sorte!

UN ALTRO ANNO

Un altro anno è terminato,

ci proponiamo di cambiare

stiamo sempre a rinviare,

nulla è cambiato.

Abbiamo sempre fretta,

rischiamo di sbagliare

nessuno stiamo ad ascoltare,

fermiamoci a dar retta.

La tecnologia ci sta invadendo,

il cervello ci fa meno usare

di meno stiamo a pensare,

ciò che ci sta accadendo!

ANCHE OGGI

Anche oggi sono andato al mare,

mi avevi dato l'appuntamento

fatto felice in un momento,

con la speranza di poterti rincontrare.

Anche oggi le onde stanno a "dormire",

da solo sto a nuotare

gli altri a giocare,

la tua voce mi sembra di sentire.

Ho sfiorato con un dito

il nostro scoglio preferito,

lì ti andavi a posare

per poi rituffare.

Ariel anche oggi non sei arrivata

eppure tutto il giorno ti ho aspettata!

NEL CAMINETTO

Nel caminetto,

raccolgo i pensieri

di oggi e di ieri

accarezzo il micetto.

La fiamma mi scalda,

sovente cambia forma

il gatto par che dorma,

un'amicizia si salda...

Di nuovo sul cammino,

alla fine mi conquista

leggo una rivista,

schiaccio un pisolino.

ADESSO SONO STANCO

Adesso sono stanco,

di una chiesa che brama il denaro

di uno stato sempre più avaro,

adesso mi alzo dal "banco".

Sono stanco di andare a votare

una falsa democrazia

piena zeppa d'ipocrisia

e nulla poter cambiare.

Sono stanco di corrotti e corruttori,

dal falso buonismo

del dilagante bullismo,

di impuniti e di evasori.

Sono stanco della tv spazzatura,

dei media che nascondono la verità

diffondendo solo falsità,

quando la verità è un'avventura!

LA NEVE

La neve cade senza far rumore,

abbraccia ogni cosa

poi si riposa,

per ore e ore.

Il paesaggio ha modificato,

è tutto bianco e lunare

estasiato ti fermi ad ammirare,

tutto è gelido e ghiacciato.

Chi rimane isolato,

da tal panorama non è attratto

vuol solo essere salvato

il panorama non è più "fatato".

VOTARE

Andare a votare,

pia illusione

di partecipazione,

meglio il mare!

I grandi "signori"

quelli vestiti bene

ci lasciano le pene,

si prendono gli ori.

Vivono nell'oscurità,

stanno a tramare

come meglio ingannare,

dov'è la libertà?

INDIPENDENZA?

Perché l'indipendenza,

hanno occultato il passato

per essere dimenticato,

è la nostra "sopravvivenza".

Ci vorrebbe più conoscenza,

han distorto la storia

cancellato la memoria,

basta indulgenza.

Ci hanno dato una nazionalità,

cambiato l'identità,

delle menti siam prigionieri

oggi più di ieri,

ci siamo addormentati

dentro i sogni fatati.

VACANZE

Quest'anno non so dove andare

magari rimarrò al mare,

oppure per la montagna opterò,

più di una cima scalerò.

La lucertola mi piace imitare

nel frattempo mi sto ad abbronzare,

dopo che sono stanco e sudato

con un tuffo sono di nuovo rigenerato.

Magari andrò in montagna,

tutte le Alpi conquisterò

e ad ogni vetta il tuo nome darò.

Andrò a dormire in sacco a pelo

non più sulla sabbia, ma sopra un telo!

DORMIVO

Poco fa dormivo,

sveglio dal mattino

volevo un riposino,

stanchezza sentivo.

Lavoro, pensieri,

si sono accumulati

altri tralasciati,

diventano cantieri.

Vado a camminare,

libero la mente

incontro gente,

porto il cane a passeggiare.

LA MUSICA

La musica è emozione,

ne siamo circondati

sin da neonati,

si sente anche nel "pancione".

Ti fa sognare,

l'adrenalina sale

ma non fa male,

ti fa viaggiare.

La musica è arte,

immaginazione, stupore,

sentimento, amore,

non metterla da parte…

LA PIZZA

In Italia è nata,

alimento di qualità

per molti la felicità,

da sempre imitata.

In origine fu "Margherita",

a lei era dedicata

da tutti amata,

mai sfiorita.

Ogni giorno è sfornata,

per belli e brutti,

c'è anche ai frutti,

nel mondo sarà sempre mangiata!

FEBBRAIO

Mese prima della primavera,

al suo interno vi è il carnevale

dal sapore ancestrale,

ancor freddo per uscir la sera.

Contiene anche San Valentino,

la campagna è ancora addormentata

dal sonno ancora non s'è destata,

una scusa per un regalino.

Le giornate si stanno allungando,

si fanno progetti per l'estate

mentre le diete sono iniziate,

sempre a te sto pensando.

IL COMMERCIALISTA

Figura diventata essenziale,

non sai se amare

o odiare,

ma ci devi andare!

Ogni anno lo vai a trovare,

i tuoi "peccati" devi confessare,

per meno tasse pagare

e in un condono sperare.

Ti fa i conti in tasca,

segna la strada da seguire

per in galera non finire

e non dover scappare in Alaska!

OSTETRICA

Professione tipicamente femminile,

aiuta la donna a partorire

e al nascituro il mondo scoprire,

oggi è diventata anche maschile.

Anticamente chiamata "levatrice",

aiuta le donne da un impiccio:

quando il bebè combina un pasticcio,

e non ha una posizione felice.

Importante figura professionale,

dà consigli per allattare,

su cosa il bimbo dovrà mangiare,

riconosciuta a livello mondiale!

SUL BALCONE

Le ombre della sera accarezzano la città,

io ti sto aspettando

ma tu non stai arrivando,

i miei pensieri volano oltre la realtà…

Ti prego non tardare,

solo la tua voce voglio sentire

non farmi soffrire,

non voglio aspettare.

Son qui sul balcone,

il citofono sta trillando,

il mio cuore palpitando

non farmi venire il magone.

LAUREATA

La mia perseveranza è stata premiata,

inseguendo un bosone

e descrivendo un elettrone

mi sono laureata!

Quante formule ho studiato,

in compagnia del mio micino

intento a fare un pisolino,

più di un pranzo ho saltato.

Ho trovato delle difficoltà,

ma tutto è relativo

se hai un buon motivo,

oggi è il giorno della felicità.

Il mio cammino devo completare,

devo scoprire nuovi orizzonti

che vanno oltre i mari e i monti,

se alle stelle voglio arrivare!

Questa poesia me l'ha ispirata mia figlia laureata in fisica, a
lei è dedicata

INVIDIA

Pessimo sentimento,

infernale

mortale,

ti lascia sgomento.

Vizio capitale,

desiderio di cose altrui

ti rimanda a momenti bui,

dove soggiorna il male.

Vivi la tua vita,

non provare dispiacere

se tutto non puoi avere,

non sempre è in salita!

PADRI

Siamo figli ma anche padri

ringraziamo le nostre madri.

I figli sono ciò che vedono e sentono dire

facciamo in modo di non dovercene pentire.

Insegniamo loro l'onestà e l'umiltà,

il dolore, la gioia e la felicità,

l'importanza del lavoro

fatto con amore e decoro,

a non condannare e giudicare

ma a riflettere e a pensare.

Insegniamo a rispettare il creato,

a lasciarlo come l'abbiamo trovato,

quando saranno loro ad insegnare

non ci potremo che rallegrare!

MATRIMONIO

È una scelta di vita,

di rispetto e sincerità

e complicità,

anche molto colorita.

Per farlo durare,

non essere geloso

né dispettoso,

la libertà non negare.

A qualcosa hai rinunciato,

dai figli ripagato,

non ti devi pentire

essi sono il tuo avvenire!

ALLERGIE ALIMENTARI

Le allergie alimentari,

son sgradevoli situazioni

in cui ti riempi di bubboni

che spaventano i tuoi cari.

Vengono sempre all'improvviso,

spesso dopo mangiato

e a nulla aver pensato,

spesso sul tuo viso.

Inizi a grattarti,

la gola si sta a gonfiare

non riesci a respirare,

non sai a che santo votarti.

AMOR NON DICHIARATO

Sei il mio sol pensiero,

con la folla mi confondi

non mi guardi che due secondi,

sono sincero.

Ti sto sempre ad osservare,

non mi noti mai

un giorno capirai

la mia passione.

Devo trovare l'occasione,

mi sto consumando

sto troppo esitando,

di dichiararti il mio amore!

TRADIMENTO

Volano speranzosi i miei pensieri,

da quando sei andata via

ho sposato la malinconia,

oggi ancora più di ieri…

La tua amica mi ha tentato,

dopo che ti ho tradito

un bandito mi son sentito,

solo il suo corpo ho amato.

Ho calpestato il nostro amore,

ti ho amato e ti amo ancora

di rivederti non vedo l'ora,

sono stato un impostore.

Ancora son qui a pensare

se mai mi potrai perdonare!

RIPENSAMENTO

La primavera mi ha destato,

mi consola il fatto

che sempre ti ho pensato

non ti ho dimenticato.

La tua bellezza il sole offuscava,

mi è dispiaciuto andare via

la tua voce è una melodia,

anche la luna se ne andava.

Senza di te non posso stare,

fissa tu l'appuntamento

sarò da te in un momento,

ti devo rincontrare.

Volerò sulle ali dell'amore

per stare vicino al tuo cuore.

SICILIA

Dell'Italia è l'isola maggiore,

dal sole è sempre baciata

da milioni di turisti visitata,

benedetta dal nostro Signore.

Ha una storia millenaria ed antica,

terra di vulcani e vini

dolci e pasticcini,

per studiarla ci vuole tanta fatica.

Dal Marsala al moscato

è tutto un bere prelibato,

non posson mancare gli arancini e la caponata,

cannelloni e siciliana cassata,

se poi ami il mare

sei nel posto giusto per nuotare!

L'EURO

L'euro è una truffa colossale,

ideata da governanti e banchieri

per arricchire i loro forzieri,

che hanno reso legale.

Dal nulla creano una banconota,

a caro prezzo ce la fanno pagare,

anche gli interessi stanno a contare,

è una situazione corrotta.

La loro avidità è senza fine,

frutto di un diabolico inganno

che si perpetua ogni anno,

che oltrepassa ogni confine!

UN NUOVO ANGELO

Oggi due nuove stelle stanno brillando,

troppo presto ci hai dovuto lasciare

il tuo bel viso non potremo più ammirare,

gli occhi di Giovanna ci stanno salutando…

Un genitore il figlio non dovrebbe mai seppellire,

mamma, papà non piangete

un giorno mi raggiungerete,

al loro posto preferirebbero morire.

Non si sta male in paradiso,

qui non ci sono persone sofferenti

siamo tutti felici e contenti,

ogni giorno vi guarderò con un sorriso.

AVVOCATO

Professione alquanto "audace",

difende truffati e truffatori

e incauti corteggiatori

solo se ne è capace.

Ha tanto studiato,

codice civile e penale,

strategie in tribunale,

nulla va dimenticato.

C'è sempre da studiare,

leggi, consuetudini,

strane abitudini,

e la giuria da "adulare"

LA SEGRETARIA

Figura fondamentale,

"regina" degli appuntamenti

risolve gli inconvenienti

di portata internazionale.

Smista anche le telefonate,

ha in mano la situazione,

odia la confusione,

firma anche le raccomandate.

Son belle ed efficienti,

innamorate e sognatrici,

non sempre sono attrici,

ma sempre sorridenti.

L'ETERNO

Tutto ha creato

con la Parola,

pur non andando a scuola

anche noi ha generato.

Ha diffuso l'amore,

in tutto il mondo

anche nel mare profondo,

grazie Signore.

Suo Figlio ha donato,

per essere liberati

dal peccato salvati,

sempre Sarai lodato!

OGNI VOLTA...

Ogni volta che in Sardegna verrai

prima di ripartire piangerai...

Non ti devi allarmare

un po' è l'effetto del nostro mare.

È il nostro calore

che ti farà battere forte il cuore...

Il tuo corpo abbiamo rigenerato,

forse noi sardi siamo speciali

a volte geniali.

Poi a casa non potrai dimenticarci

perché ogni giorno starai a pensarci!

UNIVERSITARIA

Sono una matricola,

all'inizio un po' spaesata,

ma orientata

non sulla graticola.

Qui la musica è diversa

scegli se frequentare,

o stare a casa a studiare,

non mi sono persa.

Il primo esame è arrivato

erano mesi che lo preparavo

mi è costato caro

ma l'ho superato!

Questa poesia è dedicata a mia figlia

IL VINO

Degli Dei è il nettare,

nel calice in mano

è un piacere quotidiano,

anche per il sol odorare.

È piacevole in compagnia

le giornate sa allietare,

i pasti accompagnare,

allontana la malinconia.

Bevilo con moderazione,

senza mai esagerare

soprattutto se devi guidare,

non passare per ubriacone!

AL POETTO

Al Poetto eravamo quattro gatti

tutti rilassati!

Solo la risacca si sentiva,

ogni tanto una nuvola il sole oscurava

subito l'aria si rinfrescava,

mentre qualcuno già dormiva.

Quando le onde guardavo,

"non sei con me al mare

ma in reparto a lavorare",

solo a te pensavo.

Magari una donna sta partorendo

e tu felice la stai assistendo.

Questa poesia è dedicata a mia moglie ostetrica

AMORI AUTUNNALI

Le foglie ci stanno salutando,

il loro ciclo è terminato

il nostro amore invece è appena sbocciato,

solo a te sto pensando.

Sono arrivati i cachi e le clementine,

tante varietà di mele e pere.

Adoro con te le sere,

ti scriverò le frasi più carine.

Sale il profumo delle caldarroste,

mentre nei tini il vino sta maturando

noi teneramente ci stiamo amando,

il mio amore per te è senza soste.

ARBITRARE

Non è facile arbitrare,

chi sta fuori dal prato

ti grida "cornuto e debosciato",

sempre concentrato devi stare.

Devi partecipare all'azione,

prontamente fischiare

non farti influenzare,

a un fallo di reazione, o simulazione.

Adesso è arrivata la tecnologia,

ma voi dovete farvi rispettare

altrimenti non si può giocare,

ogni dubbio va spazzato via.

I SARDI

Personaggi testardi,

si sono adagiati

ad esser legati,

a dormire sui cardi.

Parlano di autonomia,

si lasciano incantare

dalle sirene cantare,

quanta ipocrisia.

Hanno paura di "volare",

da quando c'è Roma

sono in coma,

è arduo il volo far spiccare!

IL DEBITO PUBBLICO

Il debito pubblico non va pagato,

i suoi interessi sono illegali

una delle cause dei nostri mali,

ma contestato,

mai lo potremo pagare

sarebbe come svuotare il mare!

I banchieri mai diranno,

che l'euro è una truffa colossale

che ogni giorno ci fa sempre più male,

ed è ideata con l'inganno.

Interessi non vogliamo più pagare

la nostra moneta dobbiamo ristampare!

SARDEGNA

Cara Sardegna amata,

la grande chimica han voluto portare

e poi piano piano smantellare,

da sempre bistratta,

anche le miniere stanno abbandonando

e i suoi abitanti dimenticando.

Non ti vogliono lasciare i militari,

occupando chilometri di terra e mare,

il cielo non lo posso quantificare,

sono troppo impegnati con i loro giochi nucleari.

È rimasta la Saras dei Moratti,

gli abitanti si stanno ammalando

e nessuno li sta ascoltando,

i terreni sono tutti inquinati.

Il governo di Roma può ancora rimediare,

ci deve fornire una flotta

affinché venire da noi non sia una lotta,

e la zona franca insediare

Per chi ha fretta d'arrivare:

una compagnia aerea per volare;

turismo, pastorizia e agricoltura

sono della Sardegna la vera natura!

IL POETTO

È la spiaggia dei cagliaritani,

va sino al Margine Rosso

puoi notare a più non posso,

ci vengono anche i catalani.

Prima la sabbia era come farina,

sono scomparse le dune,

ora l'ombrellone lo devi legare con la fune,

l'hanno usata anche per farsi la cantina.

Hanno fatto pure il "rifacimento",

è stato un vero fallimento.

La sua acqua è sempre cristallina

sin da prima mattina.

Adesso c'è un bel lungomare,

piacevolmente la sera puoi restare,

festeggiare con gli amici più stretti

tra gli innumerevoli baretti!

18 ANNI

È arrivato il momento,

oggi sono maggiorenne

quasi una ventenne,

spero di arrivare a cento.

È un giorno importante,

potrò andare a votare

contratti firmare,

oserei dire "È tutto eclatante!"

Oggi serata speciale,

con amici e parenti

felici e contenti,

un giorno sarà nuziale!

IL PANETTIERE

Inizia presto la sua giornata,

mentre noi stiamo sognando

lui sta già lavorando,

continua per tutta la mattinata.

Mentre il forno sta scaldando,

triangoli, rosette

infarinati e barchette,

per noi sta preparando…

VOLEVO RESTARE

In pensione non volevo andare,

con i colleghi e gli infermieri

io rimango volentieri,

voglio restare!

A casa magari m'annoio,

un hobby mi devo trovare,

magari andare a pescare

o trovare l'erba voglio!

Potrei ricominciare,

magari cambiare reparto

forse in sala parto,

dove la vita sta per iniziare!

ESTATE A SETTEMBRE

Oggi non lavoro,

son tornato al mare

le onde stavo ad ascoltare,

Dio che bel sonoro!

C'è pace e tranquillità,

i ragazzi a scuola son tornati

dai genitori accompagnati,

una bella felicità!

Sulla sabbia è dolce dormire,

scende la carezza della sera

sembra di essere a primavera,

il sole non ti sta ad arrostire.

TORRIDA ESTATE

Anche oggi caldo infernale,

abito vicino al mare

torno a nuotare,

desiderando il fresco Natale.

Una nuova giornata sta per iniziare,

se non avessi il condizionare

sembrerei all'equatore,

qui si continua a sudare.

Le ferie ho quasi terminato,

tra poco torno a lavorare

e il caldo dimenticare,

però mi sono riposato!

CARDIOLOGIA

Quando vai in cardiologia,

il tuo cuore batte come un matto

anche se non sei innamorato,

e non è per allegria.

Il medico sul lettino ti fa accomodare,

deve contare le pulsazioni

leggere le derivazioni

e la pressione rilevare.

A volte si cambia programma,

se sei iperteso o obeso

dovrai calar di peso,

eseguire l'ecocardiogramma.

IL FARMACISTA

Un tempo il farmacista,

con decotti e pozioni

trovava tutte le soluzioni,

era un vero alchimista.

Sempre è stato disturbato,

anche nel cuore della notte

da qualcuno che ha fatto a botte,

mai in pace è stato lasciato.

Molta teoria stanno a studiare,

sempre e sempre indaffarati

costantemente ricercati,

sovente ti sanno consigliare!

IL FISIOTERAPISTA

È una grande artista,

ha studiato tanto,

non ricordo quanto!

è colui che ti rimette in pista

Ogni muscolo conosce alla perfezione

soprattutto la loro direzione,

ti dicono cosa fare

per riprendere a funzionare.

Ti ricordano i movimenti,

a volte siamo goffi e impacciati

per non dire imbranati,

per essere meno lenti…

Con un loro sorriso e incoraggiamento

riuscirai a superare "l'impasse" del momento!

POLVERINA MORTALE

La puoi sniffare o iniettare,

per illuderti di essere più forte e bello

ma ti sta bruciando il cervello,

tu non ci cascare!

La vende il tuo nemico,

per non porti problemi

non affrontare temi,

rifugiati da un amico.

È un viaggio mortale,

ti svuota di amici e parenti

riempendoti di serpenti,

rinuncia a farti male!

7 MARZO

Non serve regalare un diamante

se lei ti serve solo come amante,

non serve amarla solo a letto

se poi gli fai ogni dispetto.

Non serve stare sempre a messaggiare,

a comprarle un bel vestito

e chi s'è visto, s'è visto,

se poi non la sai ascoltare.

Non serve il regalo di Natale

o andare a fare la spesa

se poi le dici che ti pesa

e per te non è speciale.

Non serve ricordarti del suo compleanno

se è per riparare ad un "danno".

MAMMONE CHI?

Mamma vorrei lasciarti,

vado e poi... ma forse ritorno,

macché, meglio le tue lasagne al forno,

resto, preferisco amarti.

Potrei andare a farmi un birroncino,

gli presento la mia ragazza:

"Chi, quella pazza!?"

Meglio il tuo tè con biscottino.

Domenica vado a vedere la partita

mi telefona sempre per dirmi "Non è finita?",

in vacanza vorrei andare al mare

poi non dormo perché non so nuotare.

MAMMA vado a vivere da solo

sono stanco del tuo colesterolo!

SA DIE DE SA SARDINNA

Conti, Re e Baroni ti hanno spolpata,

in misura diversa stanno continuando

anche il cielo stanno rubando,

umiliata e depredata.

Adesso i tiranni stanno a Roma,

alcuni in consiglio regionale

dove lo stipendio non è male,

noi siamo gli animali da soma.

È tempo di cambiare vestito

non possiamo sopportare

che il sopruso abbia a continuare,

e indossarne uno più agguerrito!

Sa die de Sa Sardinna (il giorno della Sardegna), serve a ricordare la cacciata dei piemontesi, avvenuta il 28/04/1794 dalle Sardegna. Ogni anno in Sardegna il 28 aprile è festa regionale

IL MARE

Ci stanno "uccidendo" il mare

di plastica lo stanno riempendo

piano piano sta morendo,

eppure ci dà da mangiare…

Ogni giorno lo stanno ad inquinare

di veleni e liquami

da industriali infami,

non possiamo stare a guardare.

Continuamente lo stanno depredando,

ci fanno esperimenti e trivellazioni

testano nuove invenzioni,

anche se ci stiamo nuotando.

IL PANETTIERE

Inizia presto la sua giornata,

mentre noi stiamo sognando

lui sta già lavorando

e continua per tutta la mattinata.

C'è la farina da impastare,

senza mai dimenticare il sale

il lievito poi è essenziale,

se vuoi farla lievitare!

Mentre il forno sta scaldando,

triangoli, rosette

infarinati e barchette

per noi sta preparando…

A CUPIDO

Cupido scocca la tua freccia e non sbagliare,

sono stanco di aspettare

una donna vorrei tanto amare,

oggi mi voglio proprio innamorare.

Anche non bella non importa

purché mi dia amore e mi sopporta,

anche non ricca ma intelligente

che mi sappia legger la mente,

non sprecona ma giudiziosa

gentile ed amorosa.

Che non si stia sempre a specchiare,

ma che mi sappia consigliare,

non la voglio ammaliatrice

ma onesta e lavoratrice!

INCENDIARIO

A te, incendiario, criminale e vigliacco:

ti sembra giusto la terra altrui bruciare?!

Per sempre non potrai scappare

prima o poi ti prenderanno con le mani nel sacco.

Il tuo è comportamento malsano e vile,

la terra dei tuoi avi stai a rovinare

mentre la dovresti amare,

non vorrai ingrossar dei carcerati le file?!

Non è un comportamento da buon padre,

ai tuoi figli rovini il futuro

con il tuo gesto non sarai mai al sicuro,

non far piangere anche tua madre.

LA CORRUZIONE

In Italia ha carattere endemico,

ti tocca da vicino

non seguire il suo cammino.

È un atto immorale,

ti farà arricchire

ma l'anima sminuire,

trionfo del male.

La politica è infettata,

di corrotti e corruttori

di falsi dottori,

è una società malata!

CORONAVIRUS

È arrivato da lontano,

molto silenzioso

altamente contagioso,

basta una stretta di mano. La sua origine
misteriosa,

frutto di un esperimento

o malattia del momento

ora però è esplosa.

L'Italia ha fermato,

medici e infermieri rivalutati

sino a ieri dimenticati,

occhio al virologo improvvisato!

LA POESIA

È una finestra sul giardino,

un abbraccio alla natura

abbiamone cura,

è un dono divino.

Riflessioni di vita,

sulle persone amate

su cose desiderate,

che teniamo tra le dita…

Puro sentimento,

che viene dal cuore

per dare amore,

in ogni momento.

Printed in Great Britain
by Amazon